IMMATERIA

Markku Alatensiö

IMMATERIA

© 2017 Tyora, Aleksi Purmonen

Taitto: Kimmo Mustonen

Kustantaja: BoD – Books on Demand, Helsinki, Suomi
Valmistaja: BoD – Books on Demand, Norderstedt, Saksa
ISBN: 978-951-568-230-7

1

Vittu ei oo helppoo olla salkunhoitaja. Taas alkaa shaisse realisoitua, kun on pinottu paskaa paskanpäälle. Ku on tarkoitus myydä, niin sit vittu myydään. Ja jos myytävä loppuu, niin sit sitä kehitetään lisää. Ja ku ei oo enää mistä kehittää, niin sit myydään paskaa. Sit jonain päivänä kauniina, aika saa sut kiinni ja koko lasti lentää tuulettimeen. Ja skeida myydään vielä kerran, veronmaksajille. Yksi markkinointi slogan riittää, ollaan liian isoja kaatumaan. Niin siitä taas selvitään.

Maailman talous on kuin taikina. Siitä paisuu sen luontoinen kuin juuri sanelee. Ja äärimmäisen piiskattu ja lobattu talouden juuri sanelee että taloudesta muodostuu romahdukselle altis korttitalo. Juuren laatijat ovat aina tajunneet oman etunsa ja turboahdettu talouden äkkiväärä vaihtelu on oikeammin omaisuuden uusjakoa. Ei oo helppoo.

Päivä paketissa. Paniikki tuntuu vatsassa. Vois yrjötä mutta pitää yrittää olla välittämättä. Minä eli Markku Alatensiö, Jörgen Makkonen ja Nooa Eskelinen kelataan mennä kollegiona bisselle, vaikka ahdistus on käsin kosketeltavissa. Painellaan oluthuoneeseen ja tilataan kolpakolliset huurteista.

Istuudutaan nurkkapöytään. Paniikinomaisen hiljaisuuden vapauttaa Markun toteamus.

Minä: Ei saatana mikä päivä. Hei kertokaa jäbät mitä just tapahtu? Tuntuu ku WTC:t ois just romahtanu kertaa kymmenen. Tästä romahduksesta generoituu härskimpi bodycount ku WTC:stä konsanaan, jahka ehtii itsaritilastoihin. Saatana toi johtuu siitä jenkki pankkiirien sairaalloisesta ahneudesta, yhdistettynä tsäänssiin paketoida paskaa ja myydä priimana. Härskeimmät pelimannit oli ilmeisesti vielä shortannu myymiään paskalainoja vastaan, vittu ei saatana!

Nooa: Nyt sit ihmetellään, kun pankkien kurssit on vapaassa pudotuksessa, kuka selviää ja kuka ei ja ketä pelastetaan ja miksi?

Jörgen: Tää onniin tätä, mutta turha surkutella. Tää voi olla myös tilaisuus tehdä tiliä. Nyt pitää saada meidän pelimerkit tukevalle maalle. Ku meillä ei nyt ilmeisesti salkut pullota jenkkipankkeja niin puhalletaan hetki. Pörssit putoo nyt kautta linjan, niin massii turvaan ainakin kiikkerimmästä päästä. Turvasatamista kulta on saletissa. Kenties jotkut valuutat ja korkopaprut. Toisaalta romahtanut osake on hyvä kohde jos pystyy varmentaa ettei konkka uhkaa ja tuotteella on tulevaisuuden näkymiä. Katotaan jäbät, katotaan.

2

Katastrofipörssipäivästä huolimatta koittaa huomen. Kukin on taloutta seurannut yön etänä, minkä väsymykseltään on kyennyt. Riekaleinen tanner on romahduksen jäljiltä kaoottinen ja epäluottamus kalvaa kaikessa. Konttori alkaa täyttyä henkilökunnasta tutkimaan vaurioita globaalissa taloudessa. On kiire kartoittaa pahimmat riskit ja luoda strategiaa luovia rahastot seesteisimpiin aikoihin. Valtavien jenkkipankkien romahdukset ja jopa konkurssit on isku talouteen jonka trauma säteilee koko maailman talouteen. Kriisikokous kutsutaan koolle koskien kaikkia. Tj. Jake Järvinen hiukan huteran oloisena aloittaa epämääräisen jorinan tapahtuneesta.

Jake: Kuva on toistaiseksi vielä hiukan utuinen. Pörssi-indeksit ropisee, eikä pohjista tietoa. Mut minkäs tekee. Antaa kurssien pudota. Tota, dumpatkaa riskeimmät kohteet eli huterat pankkipaperit ja vaihtakaa kultaan. Vittu mä muuta osaa tähän sanoo. Toi tilanne vaatii valtion väliintuloo ja jos näin ei käy, veri perkele tulee lentämään ku sirkkelillä vetelis. Kannattanee aluks ensisijaisesti irtautua Nykin pankeista. Lyödään massii turvasatamiin ja ku bailout alkaa orastaan, lyödään mällit takas Nykkiin ja toivotaan parasta, että pohjilla ostettu paska kestää, että elvytys myöhemmin vaikuttaa ja tehdään vitunmoiset voitot. Jotenki näin saatana. Muistakaa että kolmen a:n reittauksiin ei kande luottaa. Saattaa olla korruptoitunutta hevonpaskaa. Pohjilla ei mieluummin myydä ellei ole liian riskin takia välttämätöntä. Kyllä kova kama vielä ylös hilautuu, jahka vuodet kuluu. Eli ei hätiköidä. Kiitos huomiostanne. Sit hommiin.

Mä eli Markku, Nooa ja Jörgen muodostetaan tiimi. Jörgen sakemannin täsmällisyydellä hoitaa bondipaskaa, Nooa kullat, valuutat ja sun muut kaketsu, kuten raaka-aineet, mä osakkeet. Vivutellaan sen minkä ahneuspuuskissa uskaltaa mutta melko tylsästi varmanpäälle. Enemmän pitkänaikavälin unetushommia, mikä juuri tässä ajankohdassa on osoittautunut varsin järkeväksi taktiikaksi. No, eiku sorvin ääreen numeroita kyttäämään ja uutisvirtaa seuraamaan.

3

Minä: Ai saatana sillä goldmansucksin epelillä ei pokeri lopu kesken. Myyvät hamaan tappiin roskalainoja priimana. Kulissin pitää kestää että kauppa käy. Ja pelataan vitun AIG:n kautta papereita vastaan ja kun heillä velvoitteet laukee, joutuu valtio pumppaamaan lisää paaluu, jolla ensimmäisenä pelastetaan sucksin saatavat. – iso hörppäys stobesta –. Ei saatana. Joku tossa jenkki tsydeemissä kusee, ku ei siinä mitään että pelastetaan, mutta missä järjestyksessä priorisoidaan. Keskuspankki tsydeemi on alueellisten keskuspankkien omistuksessa jotka ovat yksityisessä omistuksessa ja repii korkotuottoo, että käteistä ylipäätään saadaan pumpattua järjestelmään. Mut se ketkä ne alueelliset keskuspankit omistaa ei ole edes julkista tietoa. Ulkoapäin ku kattelee, niin ei voi välttyä vaikutelmalta, että jotkut alan toimijat lobbareista professoreihin on lähempänä vallan ydintä kuin toiset. Se missä kaikkialla ydin sijaitsee ja kuinka laaja se on, on mysteeri.

Nooa: Onks toi sun jotain salaliitto hölynpölyä? Kasva aikuiseks.

Minä: Nooa perkele, se lärvi umpeen. Sulla taas on salakavala taipumus saattaa maailman joka kolkka ison d:een alistettavaks globalisaation varjolla. Varmin tapa saada jenkit levittämään demokratiaa omaan niskaan on olla varteen otettava haastaja muuttaa öljykauppa käytäväks muutenkin kuin dollareilla. Dollari tarvitsee maailman pyörivän öljyllä.

Nooa: Mitä sä tarkotat tolla salakavalalla taipumuksella?

Minä: No ihan vaan sitä että sä koet sen sun oman kulttuurin kulttuuri imperialismiks.

Jörgen: Tossa mä oon markun kaa samaa mieltä.

Nooa: Oossä vitun natsi hiljaa.

Jörgen: Tää on niin tätä.

4

...

Toimitusjohtaja Jake Järvinen aloittaa.

Jake: Tänä vuonna jauhetaan nämä tilinpäätös-juhlallisuuspaskat täällä byroolla, täsä ku maailman talous lipuu monin paikoin niin sanotussa likvidika-peikossa, joten vietetään mekin hitusen matalanpaa profiilia tässä kohtaa. Ookke eli mennyt vuosi oli kaikille paska. Siinä kuitenkin sitkeästi sinniteltiin ja voin todeta olevani tyytyväinen tähän puolustus taistoon jota voisi torjuntavoitoksikin kutsua, jotta saadaan kaikki saatanan kliseet käytettyä. Mutta männä vuoden kuravellissä lilluskelee suoranai-sia valonpilkahduksiakin ja täten haluasin palkita kurimuksesta parhaiten selvinneet. Eli ykkösiä kiistatta olivat yksikkö, joka koostuu kolmikos-ta Markku Alatensiö, Nooa Eskelinen ja Jörgen Makkonen. Onneks olkoon poikkarna. Saatte huippusuorituksesta palkinnoksi safarireissun Namibiaan Etoshan kansallispuistoon. Siellä ymmärtääkseni on villielikoita elefantista antilooppiin, gepardista nyt puhumattakaan. Ottakaa iisisti. Me muut tyydytään sikailumatkaan Damiin. Vedetään vähän pilvee ja pannaan huoria tai mitkä ny rahalla irtoo. Akat saa pyöriä museoissa. Kiitos.

Minä: No mutta pojjaat. Kiitos teille meikäläisenkin puolesta. Onks osastomme valmiina kohtaamaan uudenlaisen haasteen.

Jörgen: Totta munassa.

5

Lento pääkaupunkiin Windhoekiin ja siitä dösällä jokunen sata kilsaa pohjoiseen kohti Etoshaa. Perse alkaa olla istumisesta puuduksissa kun saavumme dösällä valtavaan kansallispuistoon. Upeaa savannimaisemaa silmänkantamattomiin. Saavumme hotellille. Meidän kolmikolle osoitetaan kullekin omat bungalowit. Hotellin henkilökunta ilmoittautuu palvelukseen. Vähät tavaramme kannetaan asumuksiimme. Juoma-anniskelu tarjoilijoiden toimesta alkaa rullata pyytämättä. Jääkylmää olutta, kiitos. Saa alkaa toimittamaan sen minkä kerkiää, kiitos.

Ilta vapaa, safari alkaa aamulla. Hotellin henkilökunta tiedottaa. Painelemme kukin punkkiimme odottamaan aamua. Tuskin maltan odottaa. Norsut ja seeprat vilisee mielessä niin kiivaasti että nukahtaminen kestää tovin, vaikka bissellä mieltä yrittää samentaa. Vihdoin kuorsaus alkaa raikaa Afrikan sysimustassa yössä savannin laitamilla.

Aamu sarastaa. Yön koleus alkaa hiljalleen muuttua lähes kohtisuoran auringon porotukseksi. Raukeaa aamuvenytystä alkaa kantautua bungaloweista. Heräily loppuu malttamattomaan innostukseen päästä safarille. Olemme laakista ylhäällä koko kolmikko ja siirrymme respan seutuville haahuilemaan ja vihjailemaan missäköhän safarioppaat mahdollisesti viipyilevät? Sitten saapuu kaksi eebenpuun mustaa kaveria. Oppaat esittäytyvät. Ali ja Baba mikäli oikein tulkitsin. Nämä herrat ovat kohteliaita jopa harmiksi asti. Kaikki lauseet päättyvät sanaan "sir", ja se on kaltaiselleni perus-markulle hivenen vaivaannuttavaa, mutta olkoon.

Kiipeämme safari jeeppiin. Pidennetyllä lavalla on kolme penkkiriviä, joten saamme kukin omat penkit oppaiden luonnollisesti ottaessa etupenkit. Herroilla näyttäisi olevan aikamoiset kiväärit turvanamme, mikä nyt on jokseenkin ymmärrettävää, liikuskeleehan savannilla villieläimiä sarvikuonoista leijoniin. Matka alkaa. Ajamme hiekkatietä rauhallisesti. Rikkonaisella englannilla saamme briefauksen miten toimia safarilla. Ei metelöintiä ja varsinkaan ei nousta autosta. Hiljalleen valuttelemme eteenpäin.

6

Uskomatonta. Siinähän niitä on: seeproja, elefantteja, antilooppeja. Näky on uskomaton. Aurinko porottaa. Luonto näyttää kauneimman puolensa. Miten luonto on tähän monimuotoisuuteen ja värikylläisyyteen päätynyt. Päivittelemme kilpaa edessämme aukeavien näkymien henkeä salpaavaa mielettömyyttä. Siinä kuitenkin homman edetessä ja juomia latkiessa alkaa tarve pieneen nestetyhjennykseen käydä väistämättömäksi. Auton valutellessa juuri sopivan pusikon takana, unohtuu aivojeni sopukoissa millisekunneiksi juuri teroitettu ultimaattinen nyrkkisääntö, älä poistu jeepistä. No siinä sitä sitten kuitenkin lorotellaan menemään ilman huolenhäivää. Opas kaksikko säpsähtää ja alkaa hermostuksissaan rääkyä ilmeisesti, että helvettiin sieltä pusikosta. Käännän päätä hiffaten tilapäisen unohduksen. Alan hätäpäissäni ravistella mutta oksien läpi lentää jotain keltaista ja mustaa. Lennän hyökkäyksen voimasta selälleni ja tunnen kuinka hampaat pureutuvat kasvoihini. Makaan selälläni maailman nopein kissapeto kiinnittyneenä hampaillaan kasvoihini ja yritän riuhtoa irti mutta tuntuu vain pahemmalta. Kuuluu pelastava kiväärin laukaus. Kuskin paikalla seisomaan noussut ali katsoo kiväärin takaa. Purennan ote kirpoaa. Gepardi saa tappavan osuman kehoon. Laukaus pelastaa henkeni. Nooa ja Jörgen ovat järkyttyneitä, mutta nousevat oppaiden kanssa nostamaan petoa kasvoiltani. Naamani on osittain irti. Pitelen kasvojani shokissa. Saan irtonaisilta kasvoiltani sanottua.

Minä: Ottakaa gepardi mukaan. Haluan eläimen ruhon.

Oppaat vievät minut sairaalaan.

7

Tajunta palailee. Naama tuntuu kivuliaalta kuorelta. Availen varovasti silmiäni. Sideharso peittää rähmäistä näkymää. Huoneen verho hulmuaa tuulenvireessä.

Nooa: Hei Markku, herää.

Kuulen Nooan sanovan.

Jörgen: Luojan kiitos.

Olen sairaalassa. Lääkäri saapuu paikalle. Musta, noin 50v harmaantunut herrasmies selostaa tilannettani.

Lääkäri: Kasvoihisi laitettiin noin 80 tikkiä. Saanet poistua sairaalasta parissa päivässä, mutta kun saavut Suomeen, sinun on käytävä lääkärissä. Naamasi ei ehkä ihan toivu ennalleen mutta toistaiseksi ei ole mitään kummempia komplikaatioita. Olet onnekas kaveri, Markku. Joudut kuitenkin syömään tulevan viikon elefantin annostuksella antibiootteja.

Lekuri poistuu. Nooa ja Jörgen jäävät huoneeseen. Totisina he katselevat toisiaan ja sitten minua. Jörgen purskahtaa nauruun.

Jörgen: Ei saatana.

Minä: Voisitteks te tehä palveluksen?

Nooa: Nimeä tehtävä.

Minä: Se gepardin ruho. Pyytäkää vaikka Alia tai Babaa nylkee se mulle. Emmä sillä lihalla mitään tee, mut mä haluun sen nahan.

Nooa: Totta helvetissä, onnistuu.

Minä: On ollut rankka päivä. Taidan vähän levätä.

Nukahdan samassa hetkessä.

Naama on tosiaankin ihan saatanan kummallinen. Ja särkee niin helvetisti. Lekuri saapuu.

Lääkäri: Okei. Sä oot nyt ollut pari yötä tarkkailun

alla ja levossa. On aika siirtyä eteenpäin. Otamme sideharson pois ja katsomme miltä tilanne näyttää. Oletko valmis.

Minä: Anna mennä.

Lääkäri alkaa riisua sideharsoa. Kasvoihin on ilkeästi tarttunut sidotut kangastaitokset. Ilmanvireen kosketus aristaviin haavoihini saa aikaan kylmiä väristyksiä. Tää on tiukka paikka. Lääkäri nykäisee viimeisetkin sidemateriaalit kasvoilta. Katsoo suoraan edestä painaen korvienkohdalta. Pudistaa hiukan päätään ja toteaa.

Lääkäri: Sinulla totisesti oli onni jäädessäsi henkiin.

Hän ojentaa käteeni peilin. Siirrän hiljalleen peiliin kasvojen kohdalle nähdäkseni toipuvat kasvoni. Kouraisee syvältä. Kasvoissani on kraatterimaisia viiltoja. Aivan kuin kaikki olisi hiukan siirtynyt eri suuntiin. No pääasia että haavat paranevat. Lääkäri sitoo uudet hoitositeet ja ojentaa lääkärintodistuksen, jos rajoja ylittäessä ihmetellään muodonmuutosta.

Minä: Kiitos kaikesta.

Hyvästelen lekurin.

Toipilaana, gepardinnahka pakattuna vaatteiden sekaan aloitamme paluun. Afrikka jätti minuun pysyvän jäljen. Tarkemmin ei tiedä millaisen, vain sen että pysyvän.

8

Suomessa lääkäri vaati ottamaan kuukauden sairaslomaa. Kotihoitona valuttelen puhdistusainetta haavoille ja vältän turhia liikkeitä. Joutessani alan tutkiskelemaan hyökkäyksessä menehtyneen gepardin turkkia. On se upea. Tapahtuman kelaileminen saa kierrokset nousemaan mielessäni ja kehossani. Kun ajattelen tilannetta, ajaudun raivonpartaalle. Silmäni nykivät kuin mielisairaalla kun puristelen nahkaa. Ei minua gepardi vituta. Se toteutti vain luontoa. Raivo nousee ehkä ilman sen kummallisempaa aihetta. Tuntuu kuin itsellänikin alkaisi luonto muuttua. En ole ennen tällaista temperamenttia itsessäni havainnut. Ehkä haavoista johtuva tukala olotila aiheuttaa tätä kiehuntaa. Puuska alkaa laantua. Alan miettiä mitä tekisin taljalle. En varmaankaan roikota sitä seinällä. Tunsin itseni enemmän uhriksi, joten ei siitä mitään voitonsymbolia saa aikaiseksi. Ei siitä takkia saa mutta mitenhän olisi hattu. Ehkä joku komea stetsoni tai lierihattu. Ajatus tuntuu jotenkin överiltä. En tiedä löytyykö sisältäni keikaria jolla ois pokeria käyttää moista, mutta muuten ajatus miellyttää. Ei siitä mitään muutakaan saa aikaiseksi, niin miksei sitten hattua.

Googlailen hatunvalmistajia. Hattuateljee Jorma kuulostaa mun mieheltä. Soitan numeroon ja selitän tilanteen.

Jorma: Eli ymmärsinkö oikein. Haluat gepardin nahasta lierihatun, johon tulisi koristeeksi riikinku-konsulka. Jos sallit Markku, suunnitelma kuulostaa ihan vitun räikeältä näin niin kuin härmäläiseen makuun. Mutta jos lupaat käyttää tota saatanan kotsaa, niin lupaan valmistaa sulle hienoimman gepardinnahka hatun mitä suomen niemellä on koskaan nähty.

Vastaan empimättä: Sovittu. Kiitos ja kuulemiin.

Tekstiviesti kilahtaa puhelimeeni. Hattu valmis. Voi noutaa ateljeesta. Terveisin Jorma. Innoissani kiirehdin hatun noutoon. Kadulla havahdun huomaamaan ihmisten mielenkiinnon ruhjeisia kasvojani kohtaan. En siitä tässä intoa puhkuen kummemmin piittaa vaan jatkan kohti määränpäätä. Riuhtaisen katutasossa olevan ateljeen oven auki ja kello kilahtaa. Sujahdan ovesta sisään hiukan puuskuttaen kun takahuoneesta ilmaantuu tiskin taa kaljuuntunut, pyöreä, keski-ikäinen äijä.

Minä: Morjesta Jorma!

Jorma: No moromoro.

Kuuluu vastaus.

Minä: No minkälainen hattu siitä tuli?

Jorma: Jos totta puhutaan niin mun mielestäni

aivan saatanan hieno. Venaa niin käyn hakemassa.

Jorma katoaa takahuoneeseen.

Jorma: Eli tässä.

Katson taiteilijan käsissä lepäävää suurta gepardinnahasta valmistettua lierihattua ja olen vaikuttunut.

Minä: Sä Jorma olet tehnyt loistavaa työtä. Hattu todella on hieno. Loistavaa!

Jorma: Tää mun mielestäni on mun parhata töitä. Harvoin saa näin inspiroivan tilauksen. Kiitos siitä.

Minä: No tässähän sitten molemmat voittivat. Hyvä niin.

Hoidan laskun ja poistun ateljeesta. Sylissä iso hattulaatikko lähden kotiin päin. Tää oli onnistunut projekti. Mietin hiljaa mielessäni ja hymyn kare nousee arpisille kasvoilleni.

9

Peilailen hattua kotonani. Ei vittu tää on hieno. Töihin paluun lähestyessä oloni varmenee hatun suhteen. Luulen, että muutkin joutuvat tottumaan uuteen lookiini. Johtuuko se sitten arpisista gepardin runtelemista kasvoistani, mutta kun ei enää voi olla matalalla profiililla, niin annetaan sitten niin sanotusti palaa. Tästä lähtien muut väistykööt.

Paluu päivä. Lähestyn byroota hivenen epävarmoissa tunnelmissa. Se on kuin hyppy kylmään veteen kun paukkasen toimipisteen ovesta sisään. Kukaan ei voi olla huomaamatta sisääntuloani. Kollegat Nooa ja Jörgen hitaasti nousevat päätteidensä äärestä nousemaan katsellen minun uutta olemustani. Hiljaisuus vallitsee avotoimistossa, kun ihmiset tuijottavat.

Minä: Huomenta päivää

Saan kakistettua. Mumina pyyhkäisee salin yli. Jake suvaitsee saapua työhuoneestaan ottamaan vastaan sairaslomalta palaajaa. Käsi ojennettuna hän saapuu kättelemään ja tarkkailee kasvojani.

Jake: Ei vittu. Onneks selvisit.

Sanoo ja halaa.

Minä: Juu ei tässä kai enää mitään suurempaa hätää.

Hän katsoo minua suoraan kasvoihini.

Jake: Se oli sitten semmonen palkintoreissu. Pystytsä palaa hommiin? Annanksmä nakin saman tien viuhua?

Jake kysyy hiukan sarkastisesti hymyillen. Tunnen kuinka verisuonet pullistuvat kokokehossa. Huomaan että itseironian kyky on osaltani kadonnut kokonaan. Nappaan Jakea kurkusta kiinni ja työnnän seinää vasten.

Minä: Nyt se jake on sellainen juttu, että tästä päivästä eteenpäin et ole ainoa a -luokan persoonallisuus. Jos täällä joku jakaa ohjeita, niin se olen minä. Onko selvä?

Ihmettelen itsekin mitä helvettiä minä suustani latelen. Jake riuhtaisee itsensä irti ja kohentaa krakaa.

Jake: Mitä helvettiä toi nyt oli olevinaan?

Minä: Sitä että luonteeni ei tästä eteenpäin sulata mitään saatanan hiirulaisia hierarkiassa ylempänä. Joko mä teen täällä mitä mua huvittaa, tai sit mä vaihdan maisemia. Asia ymmärretty?

Jake: Asia harvinaisen selvä. Saat lähteä.

Minä: Ok. En lupaa olla ottamatta asiakkaita mukaan. Toimialakarenssiin en saletisti rupea. Asia selvä?

Jake: Selvä.

Minä: lähteekö Nooa ja Jörgen mukaan? Samoilla ehdoilla tietenkin.

Jake: Senkus menee.

Sanaakaan sanomatta me kolme lähdemme ja jätämme toimiston ihmettelemään suut ammollaan välikohtausta.

Minä: No niin jäbät, ollaan sit työttömiä työnhaki-joita, eikö?

Jörgen: Siltähän se vähän vaikuttas.

Nooa: Ei auta.

Minä: Mulla olis seuraavanlainen strategia ehdo-tus. Käydään läpi sijoitusneuvontafirmat. Aloitetaan kuppaisimmista. Meillä on loistava työryhmä salkun hoitoon kasassa, tarvitsemme vain lisenssit saada hoitaa muiden pätäkkää. Joko saamme vallattua palasen valmiista nyrkkipajasta tai hankkiudumme alihankkijoiksi jonkun lisenssien alle. Puhtaaseen renkidiiliin me ei mennä, vaikka olis pakko. Voi-daan myös käynnistää proseduurit hankkia uuteen firmaan luvat kuntoon mut siitä ei taas tiedä kuinka saatanan kauan se ottaa. Joten paras vaihtoehto olis päästä siivuille johonkin valmiiseen puulaakiin. Toki aina hyvälle myyntimiehellekin olisi käyttöä vaikka ittellä tuntuu että pallit ois kasvanu kymmenkertai-seksi sen gepardin pureman jäljiltä. Voihan tää olla semmosta kompensaatio hypee ku lärvi näyttää ri-puloineelta petolinnunperseeltä. No kuitenkin, näin etenemme. Meidän potti jaetaan kolmella tasan mitä nyt ilmaantuukin, eikösjuu? Eli etsintä alkakoot.

Tässä ku alustavasti silmäillään, erottuu taloudellisen toimeliaisuuden mukaan ehdottomasti epäedukseen yksi firma, Redar oy. Siellä pitäis olla toimiluvat kunnossa mutta hurjaa aktiviteettia ei ole havaittavissa. Hallituksen puheenjohtajana ja ainoana omistajana näyttäis olevan henkilö nimelta Vladimir Kekäläinen. Hmm, kuulostaapa luotettavalta. No paskan välii. Otetaaks pojat yhteyttä?

Ilta päivää. Oliko luurin toisessa päässä Vladimir Kekäläinen.

Vladimir: Juu täällä ollaan.

Minä: Ok. Eli saanen esittäytyä. Tässä ois Markku Alatensiö ja asiani koskee sijoitusneuvonta toimintaa. Valikoiduit sen myötä, että etsimme loistava rahastonhoitokolmikko uutta kotia toiminnallemme. Otimme ritolat edellisestä paikasta ja tarvitsemme uuden. Käytännössä olemme toimiluvan perässä.

Vladimir: Okei olen kuulolla. Mikä olisi ehdotuksesi?

Minä: No numeroiden valossa sä et ole mitenkään hirveästi saanut aikaiseksi omin nokkinesi, niin ota meidät mukaan tasapäisiksi kumppaneiksi. Sovitaan hinta minkä hoidamme tulevista tuotoista, mutta ei se toki hirveä voi olla sikäli kun paljon muuta kaupattavaa ei ole, kuin toimiluvat. Sulle jää myyntitykin hommat, mutta se käy meille hyvin, ku tässä nyt ei mitään kummosia myyntimiehiä olla. Jos firmasta löytyy jotain miinoja niin unohdetaaan koko homma ja hajaannutaan erisuuntiin. Miltä kuulostaa?

Vladimir: No myönnettävä se on ettei kuullosta hullummalta. Joudun toki tovin miettimään, mutta palaan pian asiaan, okei? Soitan pian tähän samaan numeroon. Kuulemiin.

11

Puhelin soi.

Minä: Halojaa.

Vladimir: Moro, se on Vladimir.

Minä: Moromoro.

Vladimir: Juu mä mietin ehdotustanne ja tsekkailin jätkien tietoja. Te vaikutatte olevanne mitä väititte ja toisaalta mulla ei omin voimin tossa kummallisempaa tunnu muodostuvan, joten hyväksyn ehdotuksenne alustavasti. Tehdään kaupat vaikka samantien ja jos jotain yllättävää ilmaantuu puolin jos toisin, niin kaupat voidaan perua ilman perustelua. Eli ehdotuksia tapaamispaikaksi.

Minä: Tule hotelli K:n ravintolaan klo 18. Sovimme ravintolan salissa kauppojen yksityiskohdat ja jos tarvitsemme parempaa työrauhaa voimme vuokrata huoneen palaveria varten. Printtaa kauppapaperit valmiiksi 25 prosenttia per paperi ja näemme illalla.

Vladimir: Ok, kiitos ja kuulemiin.

Saavun K:n ravintolaan. Nooa ja Jörgen ovatkin jo pöydässä. Istuudun seuraan.

Jörgen: Meinasitko istua toi kanalintu päässäs koko tapaamisen ajan?

Minä: Jos siltä tuntuu, kiitos kysymästä.

Slaavilaiselta kalskahtava 40v pälvikaljuuntuva laiheliini lähestyy pöytää. Vaikuttaa odottamaltamme herralta. Nousen seisomaan ja nostan hiukan hattua ja ojennan kättä.

Minä: Vladimir oletan?

Vladimir: Kyllä vaan. Iltaa hyvät herrat.

Tervehdysten jälkeen istuudumme pöytään.

Vladimir: Eli teillä olisi ilmeisesti mielenkiintoinen projekti tarjota tälle hiipuneelle yhtiölleni? Sopimus papereissa lukee hintani ja maksu suunnitelma. En tingi. Firmasta ei löydy yllätyksiä. Jos löytyisi, perumme kaupat. Lyhentelette summaa kuukausittain, kunnes kahden vuoden kuluttua olemme siltä osin sujut. Mitä sanotte?

Minä: Kuulostaa ihan reilulta. Entäpä toimitusjohtaja ja hallituksen puheenjohtaja? Jos sä oot hallituksen puheenjohtaja niin minä olen toimitusjohtaja ja kaikki neljä hallitukseen. Mut tässä kun ei ole aikaa hukattavaksi, aloittakaamme heti strategian luominen.

Toimitusjohtajan ominaisuudessa kerron kuinka etenemme. Eli jaetaan homma riskin mukaan vaikka kolmeen rahastoon. Ekat 50 pinnaa hoidetaan saletilla hitaalla korkopaperilla tai vanhoilla pörssifirmoilla. Sit seuraavat 30 pinnaa olkoon vähän vauhdikkaampaa kamaa kuten it-firmaa ja nousevia kansantalouksia. Sit vikat 20 pinnaa otetaan tehot irti pääomasta. Shortataan minkä keritään ja ostellaan johdannaisia ja kiikkeriä it-firmoja ja sijoitetaan pohjilla oleviin, hyvän nousupotentiaalin omaaviin kansantalouksiin. Pannaan kunnolla haisemaan. Eli pelkästään tätä. Salkkuun kolmea rahastoa, kolmea eri vauhtista kaistaa. Siinä on kolmelle rahastomaakarille tekemistä kun vaan hajautetaan niin perkeleesti. Kaikki saa seilata eri kaistojen välillä, kunhan tiedostetaan vahvuutemme. Ja sparrataan toisiamme kokoajan. Sitten Vladimir, sulle tulee päätoimena myyntitykin tehtävät. Ja meille kelpaa sit myös venäläinen raha. Myyt kuuta taivaalta ja äitiäs niin perkeleesti että viidessä vuodessa hallinnoimme vähintään 9 numeroista summaa. Onko selvä, perkele? Tasahintana veloitetaan 1 pinna pääomasta kaikessa. Kun tullaan sisään pinna, kerran vuodessa pinna ja jos lähtee niin pinna. Ja me pidämme omaakin siivua kuoressa, ettei verottaja pääse vetämään välistä. Julistan epävirallisen yhtiökokouksen päättyneeksi. Tilataas yhtiökumppanit pullo kuohuvaa.

12

Jaa, se pitää hankkia tälle melkein pöytälaatikkofirmalle uudet toimitilat. Ollaan tsekkaamassa Mannerheiminitieltä Stockmannin kulmilta toimistoa. Ylös menee mutta menköön. Tulee ainakin neliöt halvemmalla. Hieno näkymä avautuu Espalle. Neliöitä ei liikaa, hinta kohtuullinen, otamme tämän. 40m2 on meille tarpeeksi ainakin toistaiseksi. Käymme naapurista hankkimassa koneet riittävine ruutuineen että saadaan ohjelmistot kaupantekoa varten pikimmiten avattua. Toimisto huonekalut ovat tilassa valmiina joten koneiden kytkentä ja olemme valmiit aloittamaan omaisuuden hallinnan. Jaamme huoneen väliseinillä kahteen osaan. Isommalle puolelle tulee koneet ja ruudut riviin, eli se on tehtaan puoli ja pienemmällä puolella on asiakastapaamisiin ja myyntineuvotteluihin varatut tilat.

Se on enimmäkseen Vladimirin valtakuntaa. Nyt hyvät neuvot markkinointiin ovat tarpeen. Pikapalaveri koolle.

Minä: Okei jäbät. Meidän on ilmoitettava että olemme saapuneet kulmille. Järjestäkäämme avajaiset. Tänne seitsemänteen kerrokseen on vaikea saada jengiä, joten huomio pitää kiinnittää katutasossa. Eli isot ständit. Punaista printtiä valkoiselle pohjalle. "Onks sulla omaisuus jo hoidossa, REDAR. 1% palvelu maksua." Sit vaikka huomenna kahvitarjoilua alaovelle ja flaijeria kouraan. Sit mä voin hommaa, tässä ylhäällä kun ollaan, pienen akrobaattinumeron. Otetaan lasi veke ja mä meen köydellä seinää pitkin alas. Jos ei muuta, niin luulisi huomion kiinnittyvän. Eli mä käyn vuokraamassa huomiseksi kiipeily vehkeet ja te alatte miettiä ständiä ja pöytärakennelmia katutasolle. Ei muuta ku hommiin. Jos ei muuta tekemistä keksi niin sitten suunnittelemaan sloganeita flaijereihin.

13

Lämmin alkusyksyinen päivä alkaa taittua iltaan. Olemme aidanneet jalkakäytävälle ständeillä alueen laskeutumista varten. Köysi on tukevasti pultattu toimitilamme seinään. Kaffesammiot odottavat rajatun alueen reunalla juojiaan. Ständit kirkuvat punaisella. "Onko paalunne turvassa? Taattua talousneuvontaa! Redar. 1% aloitus ja vuosimaksu." Nooa ja Jörgen keskittyvät kahvi ja pullatarjoiluun sekä flaijerien jakeluun. Vladimir häpeilemättömänä showmiehenä aloittaa metelöinnin.

Vladimir: Iltaa arvon kansalaiset. Olemme avaamassa sijoitusneuvontayhtiö Redarille uutta toimipistettä. Tervetuloa noutamaan flaijerit yhteydenottoa varten.

Vanhana aloittelevana trumpetistina Vladimir alkaa vääntämään, minkä palkeista lähtee, säkkijärvenpolkkaa. Avajaisista ilmeisesti annettiin lehdistötiedote. Ainakin ylen uutisryhmä on jostain helvetin syystä vaivautunut paikalle. Mikä lie heitä kiinnostaakaan. Minä alan henkisesti valmistautua laskeutumiseen köydellä. En olekaan sitten armeijan tätä tehnytkään. Toivottavasti Jörgen muistaa pitää köydestä että voi tarpeen vaatiessa pysäyttää putoamisen jos mulla ote kirpoaa. No eiköhän kaikki mene hyvin.

Uutistenlukija: Ja sitten kotimaa. Puoskarointibisnes sijoitusneuvonta-alalla on lisääntymään päin. Useat asiakkaat ovat valittaneet myyntiä liian aggressiiviseksi ja palkkioita ahneiksi. Siirrytään suoraan lähetykseen Helsingin keskustaan jossa ollaan juuri avaamassa uutta alan toimipistettä.

Toimittaja: Iltaa minunkin puolestani. Täällä Mannerheimintiellä avataan paraikaa uutta sijoitusneuvonta toimipistettä ja juhlallisuudet on sen mukaiset.

Vladimir saa säkkijärvenpolkan lopetettua ja kääntää katseensa ylös. Tämä käy mulle merkistä aloittaa laskeutuminen. Perse edellä kallistun ikkunalaudan yli seinustalle kun iskee joku outo blackout ja lähden putoamaan. Siinä säikähtää niin, että sydän on pampahtaa rinnanläpi. Muutaman metrin pudotuksen jälkeen Jörgen herää ja riuhtaisee jarruköyden kireäksi. Pudotus pysähtyy ja jään roikkumaan jonnekin puoleenväliin, ja kiepun niin, ettei itsekkään tiedä missä päin on maa ja missä taivas. Jostain syystä säikähdys tyhjentää suolen ja lasti lähtee lentoon. Rytinästä kiinnostunut toimittajakin kääntää katseensa taivasta kohden. Hänen onnettomuudekseen minulta päässyt vahinko saavuttaa hänen taivaalle suuntautuneen katseensa suorassa lähetyksessä. Naama ihmisenpaskassa toimittaja kuitenkin ammattimiehenä saa lopetettua lähetyksensä naama pokerina.

Toimittaja: Täällä Jouni Näkkäljärvi, Mannerheimintie. Näkemiin ja kuulemiin.

14

Vanha sananparsi, ei ole huonoa julkisuutta, mukavasti realisoituu meidän kohdalla. Meidän paskasateeseen päättynyt lanseeraustilaisuus on saanut valtavaa mediahuomiota. Mikä parasta, huomio on johtanut yhteydenottoihin ja yhteydenotot muuntuneet rahaksi rahastoihimme. Joinain hetkinä joillakin on niin hyvä tuuri, että kohtalon puuttuessa peliin ratkaisevalla hetkellä, on vaikutus lopullisesti käänteentekevä. Meillä oli kunnia saada kohtalon myötämielinen huomio osaksemme ja olkaamme kiitollisia tästä ainiaan. Trumpetin harrastaja Vladimirilla puhelin laulaa ja sijoitusdiilejä satelee. On pienempää kuukausisäästäjää, sekä isompaa, usein venäläistä pääomaa. Kaikki kelpaa.

Olemme haastavista ajoista huolimatta pystyneet huopaamaan hienosti. Vaikka pohjilla on keljua myydä, on pääomat kuitenkin etsineet turvallisempaa satamaa ja nythän on se paras aika ostaa. Taistelunelikkomme on selvinnyt lanseerauksestamme seuranneesta huumasta ja tilanne on hiukan tasaantumassa. On aika juhlistaa loistavaa aloitusta. Varaamme pöydän hotelli K:n ravintolasta. Pyöreä pöytä juhlavassa, vanhaksi entisöidyssä ruokasalissa. Tämä olkoot niitä harvoja hetkiä kun kaltaisemme rahvaat miehittävät Helsingin kenties hienointa ravintola tilaa ja oikein pitkän kaavan mukaan. Alkupaloiksi otamme kaviaaria ja pullon samppanjaa. Kattaukseen hädin tuskin uskaltaa prameuden myötä koskea, mutta hei, juhlimaanhan tänne on tultu. Alamme kilistelemään samppanjalla ja juhlapuheissa kehumme kilpaa toisiamme, kuinka vitun kovia jätkiä sitä nyt ollaan. Salissa on kultaisin ornamentein kehystettyjä peilejä, ylempänä salin seinää kiertävät kansallisromanttisia vai olisiko symbolistisia seinämaalauksia. Puitteet ovat aivan upeat. Pyöreässä pöydässämme kaviaaria, samppanjaa ja loistavaa seuraa. Mahtavat lähtökohdat mahtavalle illalle. Samppanja saa seurakseen konjakkilasillisia, kaviaari hienostuneita kala- ja lintuannoksia. Pöytä täyttyy monenmoisesta fiinistä annoksesta, joita maistelemme miten nyt sattuu hyvältä tuntumaan. Loistavan eleganssin kruunaa energinen ja ylevä tunnelmamme. Meininki on paras mahdollinen.

Täydellisen illallisen jälkeen on aika siirtyä eteenpäin, ettei yltäkylläisyys ala tympiä. Siirrymme läheiseen yökerhoon puolilta öin ja fiilis on edelleen huipussaan. Saavumme yökerhoon ja valtaamme loungesta mukavan sohvaryhmän ja lojumme takakenossa kuin stadin kuninkaat. Tarjoilija saapuu ottamaan tilauksia.

Minä: Tuotsä pullon kuohuvaa, neljä konjakkia ja vaikka vittu ihan sama mitä. Neljä cocktailia mitä nyt ite vetäisit jos oisit tässä seurassa. Tuo vielä neljä lonkeroo, bissee, siiderii ja valkovenäläistä. Ja salmaria ja fisua ja jallua.

Niin lähti ensimmäinen tilaus. Lähden seilaamaan komean lierihattuni kera kohti saniteettitiloja kun sivusilmälläni havaitsen tutun hahmon.

Minä: Vittu sehän on Jake perkele.

Törmään ex-pomooni.

Minä: No mitä apina?

Jatkan ja tarjoan kouraani kättelemiseen.

Jake: No paskaaks tässä. Skenessähän menee päin helvetiä mut kai se tästä.

En malta olla vittuilematta.

Minä: Jake, pikkulinnut ovat viserrelleet että olitte sitten ihan itte kyhäilly warrantteja, joita pakko myitte omille asiakkaille ja heillä oli kuulemma yhtä kivaa ku jos nyrkillä naitas perseeseen.

Jake samantien varoittamatta vetää nyrkillä naamaan ja hyökkää päälle kuristamaan.

Minä: Jake tää oli ihan läppää.

Yritän rauhoitella. Henkilökunta näkee tilanteen, mutta Jaken ollessa meistä kahdesta se, joka sitä rahaa siihen läävään raijaa, niin hän saa jäädä. Portsarit kiikuttavat erittäin tehokkaasti kadulle.

Huikkaan pöytäseurueelleni siinä kun niskaperseote on juuri vauhdikkaimmillaan

Minä: Minäpä tästä lähden. Pitäkää te hauskaa.

Niin läksi Alatensiön Markku hattuineen päivineen.

15

Siinä sitä ollaan ravintolan ulkopuolella. No ehkä noi bileet olivat jo laskemaan päin. Lähden sattumanvaraisesti kävelemään pois keskustasta. Vielä olisi vähän janoa jäljellä. Oliskohan näillä leveyspiireillä vielä anniskelua, pohdiskelen siinä tarpoessani. Jaahas tuolta nyt jotain valoa kajasteleepi. Olen ilmeisesti ravintolan ovella. Menen sisään. Portsari laskuttaa kybän sisään pääsystä mutta kerrankos sitä. Ei täällä muitakaan paikkoja tunnu auki olevan. Portaat vievät alas ja ravintola avautuu edessäni. Ihanan näköisiä naisia parveilee irstaan näköisien äijien keskuudessa. Kaiken keskellä on lava ja tankotanssi tanko. Okei, nyt mä hiffaan sen sisäänpääsymaksun. Tämähän on strippiluola. Loistavaa. Tällaista huomiota en olekaan aikaisemmin vastakkaiselta sukupuolta saanutkaan. Tämähän tuntuu melkeinpä imartelevalta. Tilaan siiderin ja alan liikuskelemaan ihmetyksen vallassa eri puolille ravintolaa. Mikäs tässä ollessa bisnesmiehenä bisnesnaisten ympäröimänä. Wau!

Käsikyykkääni tarrautuu kylpytakki päällä viehkeä ja hyvin naisellinen olento.

Nainen: Hei sutenööri. Mikä on sun nimes?

Kuulen kuiskauksen korvaani.

Minä: Kuin niin sutenööri? Mä oon bisnesmies.

Kissanainen painaa lierihattuni silmille ja sanoo.

Nainen: Niinhän me kaikki.

Minä: Okei. Mä oon Markku. Mikä sun nimesi on?

Nainen: Dominika.

Minä: Ei vaan oikee nimi?

Dominika: Juujuu, se on oikea nimeni.

Minä: Okei Dominika. Ihan pätevän kuulonen nimi sulla. Mä kun en näistä paikoista juuri tiedä, mutta oletsä henkilökuntaa vai voiko suo pyytää treffeille?

Dominika: Hei synkkämies, miksi ei vaan pidetä hauskaa.

Minä: Entäs jos käy niin, että kun me pidetään hauskaa ja sä et kuitenkaan pääse siitä yli? Mitäs sitten? Mennäänks me sitten treffeille?

Dominika roikkuu kaulassani ja sanoo.

Dominika: En tiedä, kokeillaan.

Ja puraisee korvaani. Olen mennyttä mietin ja suljen silmäni.

Minusta tuntuu että olen rakastunut. Kaikki tuntuu valoisammalta ja kihelmöi. Pankkialalla tunteettomuus olisi ehkä hyvästä. Nyt euforia sävyttää kaiken. Voi vittu. Punertavahiuksinen polkkatukka on löytänyt musta sydämen vaikka kiveä sen olla pitäis. Toisaalta olen saavuttanut ylivoimaisuuden tunteen. Flow-tila jossa kaikki on mahdollista. Talouden myrskyissä ja aallokoissa tuntuu kuin hyppelisin aina oikeaan aikaan kiven päältä toisen päälle, ja kun tyrskyt pyyhkäisisi, surffaisin aaltojen harjalla aina korkeammille kallioille. Tunne on ylivoimainen. Se näkyy myös rahastojemme tilassa. Kaikki toimii kuin unelma. Olen kutsunut kollegiomme liikelounaalle keskustaan hivenen juhlavampaan ravintolaan. Olen päättänyt esitellä taistelutovereilleni Dominikan. Kolmikko onkin jo paikalla kun saavumme rakastettuni kanssa. "Saanen esitellä, Dominika." Neiti kättelee jäbät läpi. Vladimir herrasmiehenä hivuttaa suudelmaa kämmenselkään.

Jörgen: Hän on siis loistavan fiilinkisi salaisuus. Aivan mahtavaa. Kiitos Dominika minunkin puolestani. Sinulla on ollut Markkuun mieltä ylentävä vaikutus.

Dominika: No hienoa jos olen näin epäsuorasti

voinut olla avuksi.

Minä: Sitten ilmoitusluontoinen asia. Dominikakaan ei ole vielä kuullut, mutta hän on tästä hetkestä lähtien yhtiömme palveluksessa. Tarvitsemme tekemiseemme myös naisen kosketusta ja tehtävään ei voisi ole sopivampaa henkilöä kuin Dominika. Sopiiko tämä hyvät herrat? Lounaan aluksi on spontaanien taputusten paikka. Aivan ehdottomasti, yhtiökumppanit kommentoivat. Tervetuloa joukkoon.

Dominika: kiitoksia.

Dominika silminnähden liikuttuu. Alamme tekemään lounastilauksia.

17

Minä: Huomenta vaan kaikille. Pidetääs pikku ilmoittelutilaisuus tässä heti aamutuimaan. Eli huomasin tossa että hitusen suurempaa toimitilaa olis kerrosta alempana tarjolla. Eli saatas respa, neukkari ja tehtaanpuoli eri huoneisiin. Paalua on firmaan valunut sen verta kahmalokaupalla että voimme ottaa sen. Myös resurssit riittävät apuvoiman palkkaamiseen, eli teemme niin, että me tehtaan äijät otamme pari lisäsierainparia mukaan.

Samalla monipuolistamme hiukan tarjontaa. Eli perustamme kaksi uutta rahastoa, joita olen tässä tullut miettineeksi. Ensiksikin talouskriisin myötä on odotettavissa, että ongelmien levitessä levottomuudet lisääntyy. Nähtäväksi jää, menetetäänkö yhteiskuntarauha paikoitellen. Liikehdintää saattaa alkaa tapahtua myös valtiollisella tasolla kansainvälisissä suhteissa. Tyytymättömille kansalaisille pitää saada muuta mietittävää. Olen tältä pohjalta päätynyt ajatukseen että perustamme rahaston, jonka kannattavuus paranee konfliktien kärjistyessä. Eli sijoitamme rahaa ensisijaisesti aseteknologiaan. Näin pystymme varmistamaan kannattavuutemme olosuhteista riippumatta.

Toinen mistä olen saanut enenevässä määrin lukea, on robotiikka, tekoäly ja erilaiset teoriat ikääntymistä ehkäisevistä hoidoista. Eli lyömme samaan nippuun toimialaa, jotka parinkymmenen vuoden kuluttua saattavat olla uutta normaalia. Tekoäly kun alkaa kehittämään tekoälyä, joka alkaa kehittää tekoälyä, joka valjastetaan muuttamaan ihmisten dna:ta yhdistettynä robotiikkaan, joka hoitaa lääketieteellisiä operaatioita. Voi hyvin olla että näköpiirissämme siintää paratiisi ja ikuinen elämä. Kun jenkit saavat vielä mannertenvälisten ydinohjusten torjuntajärjestelmän kuntoon, ei siitäkään ole epäselvyyttä, minne paratiisi ja ikuinen elämä muodostuu. Eli Jörgen valkkaa assarin, Nooa valkkaa assarin, Vladimir jeesailee minua ja Dominika Vladimiriä. Keskitymme viiteen eri rahastoon. Eli vanhat vauhtikaistat saavat seurakseen hedge-henkisen sotarahaston ja ikuiseen elämään tähtäävän immateria rahaston. Saa sparrata ylirajojen. Oliko kysyttävää? Kiitos.

18

Minä: Mutta sitten ehkä kuitenkin se tärkein innovaatio. Koska haluan että meidän oma omistus immateria-salkussa kertyy tehokkaammin kuin provisiona, olen suunnitellut oikein innovaatiohirviön. Eli nyt kun elämme aikoja että dollarikauppaakin käydään ilman varsinaista pääomapottia, vain maksamalla erotusta noususta ja laskusta, olen päätynyt seuraavaan ideaälyttömyyteen. Eli Immateria Premierleague, valioliigajohdannaispörssi. Luomme ja välitämme prosenttiprovisiolla arvopapereita valioliigansarjataulukon perusteella määräytyvistä erotuksista. Jos pelataan koko kauden ajanjaksolla, niin vertaillaan edellisen kauden sarjapisteitä seuraavan kauden päätöspisteisiin. Jos laitan satasen kiinni Manulle, halukas saa lyödä vastaan. Jos erotus edelliseen kauteen on vaikka 5 sarjapistettä vähemmän, olen vastapelurille velkaa 500. Vedon voi halutessaan myös lyödä vaikka kahden jengin välille. Jos Manulla on 5 pojoo vähemmän ja mä lyön vaikka Evertonii, joka hakkaa oman indeksiluvun edellisestä kaudesta 8 pojoo, on Manun puoli hävinnyt Evertonille 13 pojoo. Tällöin kerroin on 13, ja jos veto on 100 €, on tappio 1300 €. Joku minimi sijoitus pitää olla, ja otetaan provikat myös toteutuneesta voittosummasta. Viilaillaan vielä ideaa, mutta noin alustavasti, mitäs sanotte?

Jörgen: Ei saatana.

19

Immateria Premierleague pörssi osoittautuu yhtiöllemme loistavaksi sisäänheitto komponentiksi. Sanan levitessä alamme saada aivan uudenlaisia asiakkaita. Sisään tullaan ensiksi valioliiga mielessä, mutta äkkiä huomio kiinnittyy muuhunkin meidän toimintaan ja näin olemme saaneet herätettyä rahastosijoittamismaailmaan aivan uuden segmentin asiakaspotentiaalia. Firma tanakoituu rivakkaa tahtia. Suoritus on mainio ottaen huomioon että olemme edelleen talouskriisin jäljiltä käymistilassa ja ilmassa on paljon epävarmuustekijöitä. Epäluottamusta talouteen tuovat eritoten eräiden Etelä-Euroopan maiden valtionlainat. Esimerkiksi Kreikan valtionlainat uhkaavat jäädä tappioksi keskieurooppalaisille pankeille. Kreikka ei ole ainoa valtio mutta ehkä akuutein. Italia ja Espanja painivat samanhenkisissä ongelmissa, täten on selvää, että mittaluokka on sellainen että korttitalon romahtaessa olisi vaikea arvioida vaikutuksia. Ilmapiiriä keventää toki käsitys että poliittisia päättäjiä kohtaan on käynnissä voimakas lobbaus, joka ennakoisi muita euromaita takaajaksi esimerkiksi Kreikan lainoille. Toteutuessaan se olisi rankka moraalinen hazardi systeemille ja pysyvä aseman heikennys Euroopan valtioille ja veronmaksajille. Pankkisektori rahastaa palkkioina kuplan luomisen ja sijoittajien riskien realisoituessa valtiot ottavat velat vastuulleen. Paskakasan koko arvo on satoja miljardeja ja vaikutukset lopullisia asioiden ollessa kertautuvia. Tilanne on tragikoominen farssi, mutta nyt kun tässä ollaan jollain tavalla osa ongelmaa, niin koitetaan nyt kuitenkin edes nauttia tästä tilanteesta ja kuoria kermat päältä, jos vain suinkin mahdollista.

Yhtiömme saa siis uusia työntekijöitä. Jörgenille tulee bondimaakariksi huippu matemaatikko Ulla Huselius ja Nooalle saapuu raaka-aine ja valuutta assistentiksi keinottelija Kaaleppi Parantainen. Toi uus varjovalioliiga projekti on lähtenyt kunnolla lentoon, joten siihenkin ollaan saman tien jouduttu panostamaan duunarin verran. Tehtävässä toimii pitkänlinjan uhkapeluri Toivo Ilmari Suonperä. Tällä kovalla rosterilla me painamme menemään tuntosarvet herkkinä ja asiakkaiden etu mielessä. Jep. Mikään ei ole parempaa mainosta kuin tyytyväinen asiakas. Kaikki sujuu loistavasti kunnes Sotshin olympialaisten aikaan Janukovytšiin tyytymättömät ukrainalaiset alkavat vallankumoukseen Maidanin aukiolla Kiovassa. Levottomuuksista ei selvitä ilman kuolonuhreja, joka lisää bensaa kansannousun liekkeihin. Taktisesti hyvin ajoitettu operaatio johtaa Janukovytšin maanpakoon Venäjälle ja Ukrainan uuteen hallintoon. Maailmalla kärjistyy kahden sivilisaation jako kylmänsodan hengessä. Pienet vihreät miehet valtaavat Krimin niemimaan ja Itä-Ukrainan alue jää taistelutilaan alueen herruudesta Ukrainan ja venäjämielisten välillä. Ja se aivan erikoisella tavalla kärjistää tunnelmaa myös meidän konttorilla.

Tällaisena historiatajuttomana junttina on minun vaikea ymmärtää yhtäkkiä alkanutta kiehuntaa hyvin tuntemissani ihmisissä. Vladimir on täysin vittuuntunut. Hänen mielestään kyse on tarkoitushakuisesta lännen provokaatiosta Venäjää kohtaan. Vladimirista se on vain strategia saada Venäjä suljettua Euroopan kaasumarkkinoilta, jotta jenkit saisivat dumpattua liuskekaasunsa, mille on tähän asti ollut vaikea löytää ostajaa. Jörgen taasen on aivan päinvastaista mieltä. Hänen traumansa on kaikuja Saksan ja Neuvostoliiton välisestä sodasta toisessa maailmansodassa. Hänen isoisänsä on kaatunut taisteluissa juuri Ukrainan alueella ja se, että nyt kun Neuvostoliitto on saatu ajettua Ukrainasta, niin tilanne jostain syystä herättää Jörgenissä revanssihengen. Hän ei hyväksy Ukrainaa Venäjän etupiiriksi, piste. Yhtiömme on loisto iskussa ja sitä häiritsemään on historiasta herännyt haamut, joita en tiennyt olevan.

21

Lähdemme istumaan iltaa ja puimaan firman tämänhetkistä tilannetta ja henkilökemioita rauhalliseen keskustan ravintolaan. Näen pienen ilmaa puhdistavan keskustelureissun tarpeelliseksi. Olen ollut havaitsevinani että yhteishenkemme rakoilee. Olemme omassa looshissa hiukan sivummalla ravintolassa jotta saamme keskustella rauhassa. Neljän istuttava penkkiryhmä riittää meille ja voimme aloittaa. Olemme koolla koska maailman poliittinen tilanne on muuttunut melko radikaalisti ja olen huomannut että se on alkanut vaikuttaa myös meidän työyhteisöömme.

Minä: Ja tällä istumalla puhumme suumme puhtaaksi. Jos on tarvetta muuttaa yhtiössämme asioita, kokoamme listan jotka käsittelemme hallituksen kokouksessa ja yhtiökokouksessa jotta päätöksemme ovat täysin lain edessä kestäviä. Sitten tärkeimpään eli: mikä vittu tässä nyt on niin hankalaa. Omistamme neljään pekkaan loistavassa kunnossa ja vielä edelleen nousukiidossa olevan firman, ja te pikkusielut annatte menneisyyden haamujen häiritä mielen-, ja sen myötä, työrauhaa. Vaadin selityksiä.

Vladimir: No mua näköjään sapettaa pohjamutia myöten tää ajanhenki kun venäläisistä tuli taas ryssiä. Toki on epäilemättä tapahtunut kansainvälistä oikeutta rikkovia tekoja. Tilanne on vain monimutkaisempi kuin se rikkooko joku yhteisiä sääntöjä. Aina enemmistön päätös ei tarkoita että se olisi kaikkein oikeuden mukaisin. Muutenkin eri tahot tarttuvat muiden ja omiin tekemisiin ja tekemättä jättämisiin aina opportunistisesti, miten tilanne milloinkin vaatii. En hyväksy näkemystä että tämä tilanne olisi pelkästään venäjän syytä, vaikka se päällisin puolin siltä vaikuttaa.

Jörgen: No tervetuloa joukkoon. Mä oon kokenut natsittelua koko ikäni vaikken edes elänyt toisen maailmansodan aikaan. Muutenkin hiukan katkerana näkisin että bolsevikkien vallankumouksen ja Neuvostoliiton oman historian myötä vainoharhaisuus Saksassa ei ollut kokonaisuudessaan liioiteltu. Sotatantereelle jäi myös isoisäni, nimenomaan alueilla joilla nyttemminkin on levotonta. En pysty hillitsemään itseäni. Tunnen kuinka revanssihenki kasvaa sisälläni. En ole saanut surra rauhassa isoisäni kohtaloa ja se kalvaa sisimpääni.

Minä: voi helvetin kuustoista. Tää on kuin toinen maailmansota olisi syttynyt uudestaan. Muistakaa molemmat Jörgen ja Vladimir että myös meidän isillämme on ollut tragediansa toisessa maailmansodassa. Nooan tapauksessa juutalaisuuden, minun tapauksessa suomalaisuuden takia. Ihmisarvo on jakamaton ja yksikin kuolema liikaa, mutta 6 miljoonaa on härskiydessään lyömätöntä. Ette ole ainoita joilla olisi käsittelemättömiä asioita historiassa.

Emme ole antaneet sen siltikään häiritä. Me neljä olemme yhtiökumppaneita, ja loistava ryhmä, siksi että meidän tavoitteemme on ollut yhteneväinen. Olemme kaikki halunneet rahaa. Dollari on mahtava maailmaa yhtenäisenä pitävä voima. Sen kovassa ytimessä voi olla jopa sisäpiirisuhmurointia, kuka tietää. Mutta siltikin dollari on valtava instituutio. Sitä on viljelty pitkin maailmaa ja se on imeytynyt yhteiskuntiin ja talouksiin pysyvästi, joten kaikkien on sitä tuettava. Se on ottanut maailman panttivangikseen ja jos sen kykenisi kaatamaan, jäisi kaikille käteen vain mustapekka. Dollaria ei ole sidottu mihinkään. Jenkit on Kiinalle velkaa biljoona dollaria. Ei kiinalaisetkaan halua että dollarin setelit muuttuu arvottomaksi paskapaperiksi. Sä voit mennä vittu viidakossa pusikkoon ja sanoo dollari ojossa huoralle, ota suihin, ja hän suvaitsee kernaasti ottaa. Se resonoi maailman syvimpiin kolkkiin. Se pitää maailman verevänä ja elinvoimaisen ohuimpia hiussuonistoja myöten. Jos alkuasukkaalla on dollari kourassa jo sille lätkästään juustopurilainen toiseen. Ahneus on ainoa arvo johon voi luottaa. Vaikka kukaan ei ole valvomassa, dollari saa aikaan toimeliaisuutta mitä kaikkivaltiaskaan ei ymmärtäisi olla generoimassa. Ja samasta syystä me olemme tulleet toimeen, vaikka olemme jopa keskenään ristiriitaisista lähtökohdista. Mutta nyt tämä ihmeitä tekevä liimakaan ei tunnu riittävän. Olen hämmästynyt mutta samalla utelias, mitäs helvettiä me nyt tehdään?

22

Vladimir: Minä ajattelin lähteä Itä-Ukrainaan Donetskiin puolustamaan irtautumista Ukrainasta. Sitä irtiottoa ei heti tulla hyväksymään, mutta uskon että sitkeys palkitaan joka tapauksessa parempina neuvottelulähtökohtina.

Jörgen: Älä saatana. Meinasit sit mennä puolustamaan sitä vitun ryssien mobilisoimaa alueen valloitusta. Tiesin että oot kaheli, mut toi on aika paksua. Jos ei oltas frendejä ni kyllä läski lähtis tummenemaan.

Vladimir: Mikäs sua tässä riivaa. Eihän Ukrainan asiat luulisi sua hetkauttavan.

Jorgen: Paskan väliä sillä sinänsä, mutta jos ryssien rajanpinnan suhteen ei ole periaatetta, niin kohta täälläkin ihmetellään, että mistäs nää vihreet ukkelit tänne ilmesty, ei saatana!

Vladimir: No päinvastoin en minäkään länteen tässä luota yhtään enempää. Vaikka mitä horisevat niin jos silmät alkaa ahneuksista kiilumaan ja sauma on iskee niin kyllä aina joku mainoslause keksitään ja painellaan milloin kytkemään öljypiuhat maaperään, milloin jotain monimutkaisempaa oman edun tavoittelua. Ahneus on ainoa moraalinen arvo, muu on vain tarinaa millä oikeutus rakennetaan. Kuten sanoin, en hyväksy, piste.

Jörgen: No vittu, jos meet niitä kusiaivoja puolustamaan niin sit mä meen Ukrainan leiriin. Eikös siellä ole niitä oikean sektorin joukkoja mihin tämmönen muukalaissoturi mahtuu riviin. Vittu sit katotaan.

Minä: Älkäähän nyt jäbät. Otetaan nyt täällä rauhanalueella ainakin iisisti. Mut okei, jos te haluatte mennä taistelemaan sotaan joka ei teitä suoranaisesti koske, en aio yrittää sitä estääkään. Laadin hallituksen kokoukseen osakeyhtiösopimuksen, jossa sovimme että mikäli osakas kuolee, sulautetaan hänen osuutensa firman pottiin, eli muiden siivu kasvaa. Näin pidämme firman osakkuudesta loitolla kaikenkarvaiset kusipäät. Mikäli tämä käy, en puutu mitä teette vapaa-aikananne, kunhan lainkoura ei teitä suomesta tavoita. Näihin konflikteihin on tosiaan vaikeaa saada riippumatonta ylempää tuomiovaltaa. Kuten aiemmin tuli esiin, enemmistö ei aina ole moraalisesti se eniten oikeassa.

Okei, asia tältä osin selvä.

Toinen askarruttanut aihe on Amerikan Yhdysvallat. Nooa on ilmaissut mielenkiintonsa lähteä lähemmäksi ikuisen nuoruuden lähdettä oikein Ameriikan Yhdysvaltoihin. Hän kartoittaisi mahdollisuutta voisiko vähäpätöinen puulaakimme saada uudella mantereella jalansijaa. Näin hän olisi myös lähempänä yhtiöllemme tärkeitä kohteita, joten tuntosarvet saattaisivat olla vielä hitusen herkempinä, jos mahdollista. En tiedä arvoisat yhtiömme hallituksen jäsenet kuinka paljon tämä teitä nyt kiinnostaa, mutta jos te lähdette tuohon tyyliin sooloilemaan jonnekin vitun sotatantereelle, niin ei liene kohtuutonta toivoa että saisimme varauksettoman hyväksyntänne meidän suunnitelmillemme. Onhan se siinä mielessä tärkeää että vaikka keskenämme omistus ja hallituspaikat menevät tasan, on hallituksen puheenjohtaja Vladimir mahdollisesti vaa'ankielenä, eli tarvitsemme ainakin toiselta teistä vihreää valoa.

Vladimir: Okei, mä sooloilen, mutta te pysytte tyytyväisenä jos hyväksyn suunnitelmanne. Olkoon niin. Annan teille puolestani vapaat kädet kunhan muistatte mennä firman etu edellä. Asia on siis puolestani selvä.

Minä: Okei, hyvät herrat. Tämä istunto on

saavuttanut tavoitteensa joten luulen että olemme valmiit. Kiitoksia huomiostanne ja parin viikon kuluttua meillä on siis pari kokousta, joissa annamme nuijan heilua kun äsken sovitut asiat taputellaan virallisiksi. Kiitos tästä.

23

Vladimir ja Jörgen alkavat valmistautumaan lähtöön konflikti alueelle. Vladimirille kahden passin miehenä ja Jörgenille EU-kansalaisena, konflikti alueelle pääseminen ei tuota hankaluuksia. Vladimir ilmoittautuu Donetskin kansantasavallan asevoimiin Helsingin kontaktihenkilön kautta. Se, että Vladimirilla on venäjän kieli hallussa ja Suomen armeijasta tarkka-ampujan koulutus, tekee hänestä erittäin tervetulleen vahvistuksen asevoimien kansainvälisistä vapaaehtoisista koostuvaan osastoon. Kontaktin kautta järjestyy tehokkain tapa päästä puolustamaan Donetskiin, hänen sanojensa mukaan Ukrainan fasistijuntalta, Vladimirissakin herää pieni skeptisyys, vai että oikein Donetskin kansantasavalta. Jännityksellä odotan, minkälaiseen sotilasorganisaation olen kirjautumassa sisään. No asiastaan hän on varma joten ei auta kuin kestää mukana tulevat ikävämmät yllätykset ja lieveilmiöt. Joka tapauksessa Vladimirin askelmerkit päätyä etulinjaan rintamalle ovat kristallinkirkkaat. Hän on nähtävästi erittäin toivottu lisä sotajoukkoihin.

Jörgenin kirjoittautuminen ulkomaalaisista vapaaehtoisista koostuvaan pataljoonaan käy yhtälailla mutkattomasti Internetin välityksellä. Jörgenin taustasta varusmiespalveluksen suorittamisesta kranaatinheitinkomppaniassa ollaan myös ilmeisen kiinnostuneita. Pataljoonalla on kyseenalainen maine äärioikeistolaisuusepäilyksien johdosta, mutta tämä silti on helpoin tapa ulkomaalaiselle päästä sotimaan Ukrainan rajoista Venäjän tukemia separatisteja vastaan.

Yhtä jouhevasti kuin Vladimir, löytää Jörgen itsensä Donetskin liepeiltä valmistautumassa taistelukomennukseen. Taisteluosaston tehtävänä on pitää asemat ennallansa ja separatistit poissa rajan tuntumasta syvemmällä kaupungin alueella. Kranaatinheitinkokemusta omaavana Jörgen pääsee osaltansa vastaamaan yksikkönsä kranaatinheitintulesta. Tehtävä kuulostaa mieluisalta. Pääseehän hyödyntämään jotakin armeijassa opittua. Yksikkömme on separatistien miehittämän Donetskin länsipuolella, muutaman sadan metrin päässä kukkuloilla poteroihin suojautuneena. Eriasteista

51

juoksuhautarakennelmaa on rakennettu Donets-
kin kaupungin mitalta, ettei separatisitit lähde
levittäytymään miehittämiltään alueilta länteen.
Tykistö- ja kranaattituli ja laukausten vaihto kiih-
tyy usein yötä kohden. Enimmäkseen taistelut
tuntuvat olevan asemasotavaiheessa. Molemmat
osapuolet tyytyvät odottamaan vastauksia Ukrai-
nan tai kenties maailman poliittisen tilanteen muu-
toksesta. Nämä asemat tuntuvat puolin ja toisin
pitävän. Taistelu kuitenkin jatkuu tasaisesti vuoro-
kaudesta toiseen. Ilmeisesti Ukrainankaan resurs-
sit eivät anna uskoa ottaa aluetta takaisin haltuun
siinä pelossa että miehitetyn alueen itärajalta alkai-
si vuotamaan vielä härskimmin venäläistä kalustoa
ja -miehistöä, jolloin sota saattaisi saada aivan eri
mittakaavoja.

24

Donetskin itäreunalla useiden kilometrien päässä
taistelujen etulinjasta Vladimir tekee tuttavuut-
ta uusiin taistelutovereihin. Separatistien joukot
koostuvat paikallisesta venäjänkielisestä väestä,
venäjältä tulleista vapaaehtoisista ja sekalaisis-
ta vapaaehtoisista, joita on ilmoittautunut kuten

Vladimir, ympäri maailmaa. Venäjältä tulleet vapaaehtoiset ovat usein sodan ammattilaisia jotka puheidensa mukaan ovat ilman Venäjän hallinnon käskyä viettämässä lomaa puolustaakseen venäläisiä Ukrainassa, mutta tämä virallinen selitys kuulostaa pidemmänpäälle hivenen turhan järjestelmälliseltä. Siitä huolimatta Vladimir ei epäröi valita puoltaan jakolinjassa ja säntillisesti kommunikoi osaston johdon kanssa.

Komentaja: Olet siis suomessa saanut tarkka-ampujan koulutuksen.

Vladimir: Kyllä.

Osastomme on monenkirjavissa maastopuvuissa hiukan epämääräisessä muodossa nimenhuudossa ja osaston komentaja on Vladimirin kohdalla tekemässä pikahaastattelua. Kieli on venäjä. Jos se tuottaa ongelmia, osaston komentajan vieressä on tulkki hoitamassa tulkkauksen englanniksi. Vladimirilta venäjä kuitenkin sujuu moitteetta mikä tekee vaikutuksen.

Komentaja: Meillä vapautui eilen yksi tarkkuuskivääri kun Igor sai reiän päähänsä. Hänet on vapautettu tehtävistä kuolemansa johdosta. – Se oli vitsi, röhisee komentaja.

Vladimir naurahtaa.

Komentaja: saat hänen kiväärin.

53

Vladimir: Sopii hyvin. Kiitos. Ja heittää käden lippaan.

Komentaja: Ole hyvä.

Vladimir käy aseen osat läpi ja ampuu itse kyhätyllä ampumaradalla harjoitus ja kohdistus laukauksia. Ase tuntuu hyvältä. Komentaja tulee kohdalle.

Komentaja: Okei, Vladimir. Saat tehtäväksi yön turvin etsiä ampuma-aseman kaupungin länsilaidalta. Rakennukset ovat autioita, eikä siellä ole paljoa meidän omaakaan miehistöä. Otat aseman jostain rakennuksesta mistä sinulla on hyvä näköyhteys viereisille kukkuloille. Sieltä ukrainan armeija ja vapaaehtoispataljoonat roiskivat tulta, että kaupungin reunamat pysyisivätkin autioina. Tehtäväsi on napsia mies kerrallaan vihollisia. Ota tarpeeksi ruokaa, juomaa ja kuteja että tarvittaessa voit pitää asemasi pidempäänkin. Samalla voit ilmoittaa jos vihollisen asemissa havaitset muutoksia. Tehtäväsi alkaa illan suussa. Silloin toki taistelutkin yleensä kiihtyvät, mutta se on kuitenkin paras aika liikkua asemiin huomaamatta. Pidetään radioyhteyttä vain jos on jotain dramaattisempaa muutosta tilanteessa. Onko komennus selvä?

Vladimir: Selvä.

Komentaja: Onnea tehtävään.

Vladimir: Kiitos.

Jörgenin joukkueessa on enimmäkseen ukrainalaisia vapaaehtoisia, mutta on sinne päätynyt jokunen hänen kaltaisensa ulkomailta saapunut soturi. Muuten porukka koostui paikallisista, ulkoisesti voisi arvella kenties äärioikeiston edustajista. Nimeni Jörgen herättää heti mielenkiinnon joukkueessa. Käy hyvin selväksi että nämä kaverukset arvostavat Ukrainan historiassa enemmän sitä hetkeä, jolloin oltiin Saksan miehittämiä, kuin Neuvostoliiton aikaa. Jörgen on tottunut olemaan melko vaatimaton saksalaisista juuristaan. Ehkä ensimmäistä kertaa Jörgenin traumat saksalaisuudessa herättävät ympäröivissä ihmisissä positiivista vastakaikua.

Jörgen miettii: Vittu nää jätkät on sekaisin. Saksan historian vaihe, minkä olen ottanut kipeimmin ja on ollut isoisäni kautta ristiriitainen osa minua, herättää näissä vitun älykääpiöissä kunnioitusta. Onnää saatana sekaisin. Tässä sitä ollaan Ukrainan armeijan virallisten joukkojen rinnakkaisissa, voinee sanoa suoraviivaisemmissa joukoissa. Näihin ovat kerääntyneet Ukrainasta ja muualta ehkä se intensiivisempi aines asian suhteen. Joukkoon mahtuu myös todellista ääriainesta, nationalisteja tai kuten puhekielessä sanotaan, natseja.

No joissain tilanteissa on tyydyttävä kompromisseihin, jos ei parempaakaan vaihtoehtoa ole tarjolla. Sinänsä kun heidän kanssa takalinjoilla jutustelee, Jörgenhän tulee loistavasti toimeen. Yhteishenki Jörgenin osalta nousee jopa huumaksi asti, ja tunne tuntuu levinneen kaikkiin. Oudossa toisen maailmansodan huumassa alkavat he valmistautua päivystysvuoroonsa kukkuloiden bunkkereissa. Jostain saatanan syystä Jörgen odottaa sitä innolla.

26

Olemme Dominikan kanssa saattamassa Nooaa hänen lennolleen rapakon taa. Ehdimme istuskella terminaalin ravintolassa ennen lennon lähtöä.

Minä: Vittu ne, Vladimir ja Jörgen, olivat sekaisin kun ne lähti sinne perkeleen Ukrainan sotaan, vittu vielä vapaaehtoisena. Mua ei sais sotaan vaikka vittu pakotettais. Jos Suomeen syttys sota niin enpä tiedä. Suattaapihan se olla että jäis, mutta suattashan sitä olla jäämättännii.

Nooa: Joo, ehkä nää kysymykset lojaaliusristiriidasta ovat ihan aiheellisia.

Minä: No mullahan ei ole edes ristiriitaa. Mut toki daamillani kenties olisi. Mistä tulikin mieleeni että hän on pieniin päin.

Nooa: Onneks olkoon, molemmille.

Dominika: kiitos paljon. Ei tää nyt vielä näy, eihän.

Nooa: En ollut ainakaan minä hiffannut.

Minä: Mutta noista sotureista vielä. Tässä on kysymys tarinoista. Kenen kertomus on tärkein? Kuka kertoo sen parhaiten? Oikeat ja väärät vaihtuvat näkökulman mukana. Todellisuus ei oikein ala mistään, näkökulmat vaihtelee ja on vaikea todistaa kenen oli ensimmäinen. Historiankirjoituskin on jonkinmoista futuurikauppaa. Syöttöjä tulee historian syövereistä ja kirjoittajat niistä maalaavat, sikäli kun se itselle on edullista. Kansalle rakennetaan mytologiat, jotka pahimmillaan ovat vain osa geopolitiikkaa. Mutta niissä on selkeä alku ja loppu, toisin kuin usein todellisuudessa. Ne vahvistavat tarinoita joita kerrotaan ja lopuksi paras tarina voittaa. Mut Nooa mene sä kirjoittamaan rapakon taa omaa tarinaasi ja miksei vähän minunkin, tämmöinen opportunisti kun olen. Mee sä hankkii ikuinen elämä. Tämä rämemajava tyytyy tähän jälkikasvun odotteluun. Moro.

Ja syvä halaus.

Vladimir lähestyy Donetskin länsireunamaa. Rakennukset ovat suurelta osin raunioina. Hän kiipeää aution matalahkon kerrostalon rikkonaisesta ikkunasta sisään, etulinjasta nähden takaseinustalta. Ilta alkaa laskeutua kaupunkisotatantereen ylle. Hiljaisuuden rikkoo harvakseltaan kuuluvat laukaukset ja hetkittäin kuuluvat suuremmat ammuksen räjähdykset. Rauhallisesti Vladimir hakeutuu lähemmäksi rintamanpuoleista seinustaa ja etsii huoneiden perältä hyvää paikkaa ampuma-asemalle. Kolmannesta kerroksesta löytyy huone minkä perältä on loistava näkymä viereiselle kukkulalle, jossa näkyy vihollisten poteroja ja juoksuhautarakennelmia. Vladimir alkaa rakentaa kiväärille hyvää asemaa ja varmistaa poistumistien vihollisen hyökätessä. Huoneenperällä, vihollisten asemista täysin näkymättömistä, Vladimir asettautuu makuulle kiväärillä tähtäillen. Kiikaritähtäimen läpi Vladimir käy vihollisten hallussa olevia kukkuloita. Tähtäin liukuu maisemassa hakien mahdollisuutta pudottaa vastustaja. Hiukan välittömän etulinjan takana näkyy liikehdintää. Kiikari tarkentuu ilmeisesti kranaatinheittimen laukaisuun.

Kukkuloilla ensikertalainen Jörgen intoilee

kranaatinheittimen kanssa. Uhoa puhkuen Jörgen pudottaa kranaatin putkeen, taisteluparin suunnatessa putkea. Fiiliksestä pinkeänä Jörgen kimmahtaa kuin vieteri käsi viistosti ojossa. Panos räjäyttää kranaatin matkaan. Sydämensä kyllyydestä hän mylvii.

Jörgen: Jumala kostaa bolshevikeille, heil Hit...

Lause loppuu luodin mennessä suusta takaraivon läpi kallion seinään.

Hitaan ja rauhallisen liipaisimen painalluksen jälkeen Vladimir katsoo tähtäimen läpi.

Vladimir miettii: Vittu, ammuinks mä just Jörgeniä naamaan? Ei saatana.

Jörgenin laukaisema kranaatti putoaa raunioksi pommitetun katon läpi Vladimirin ampuma-asemaan. Vladimir kuolee välittömästi.

Lähdemme Dominikan kanssa ajamaan taksin takapenkillä käsi kädessä lentokentältä.

Minä: toivon mukaan kaikki menee Nooalla hyvin ja hän saa ikuisen elämänsä. Keskitytään me tähän hetkeen, eikä menneisyyteen tai tulevaisuuteen.

Ja suutelemme. Samaan aikaan lentokoneessa kuuluu kellon piippaus. Nooan takana istuva henkilö nousee seisomaan ja huutaa: Ikuinen elämä! Kone leimahtaa soihduksi ja räjähtää.

IMMATERIA